Ой, всё!

мила илькова

У КАЖДОГО СВОЯ ИСТОРИЯ

"Однажды я напишу книгу…"
Нет времени? Наймите писателя.

МЕМУАРЫ. ПУБЛИЦИСТИКА. И Т.Д.

Сохранить память
и поделиться опытом.

Книга 200 страниц за 100 дней.

Разработка сюжета и написание
Редактура, верстка, дизайн
Печать и презентация

"
*Все хорошие книги сходны в одном
— когда вы дочитаете до конца,
вам кажется, что все это случилось с вами, и так оно всегда
при вас и останется: хорошее или
плохое, восторги, печали и сожа-
ления, люди и места, и какая
была погода.*
~ Эрнест Хемингуэй

MILA ILKOVA

MILAILKOVA@PROTON.ME
+1(917)719-0794

Мамуле

Ой, всё!
© 2009-2022 Мила Илькова
Фото для обложки © @thereisnoframe
Вёрстка и дизайн обложки © 2022 Мила Илькова
ISBN: 979-8-9877558-4-6

УДАЧИ!

Желание удачи
всегда звучит как
посылание в жопу.

МАЧО

Девушки по нему сохли.

Хоть это называется не сохнуть,

а очень даже наоборот.

СПОРТ

"А ты спортом занимаешься?"

"Да. Бег. От дураков".

СРАВНИТЕЛЬНАЯ

"Ты моя самая любимая!"

И тут надо бы растечься по эмоциям,

погладить самолюбие

и оставить уже ясеня с расспросами

в покое.

Чтоб да, так нет.

Поскольку,

согласно превосходной степени

сравнения прилагательных,

где-то ходят,

разбрасываются волосами

сравнительно любимые

и просто любимые.

СТОРОНЫ

"Вот ты! Да-да, ты! Скажи,

ты на чьей стороне?"

"Я всесторонне развит".

ТОРЧИТ

Если у мужчины
торчит пенис – это хорошо,
если уши – это навсегда.

ПРОБЛЕМА

Если обвисла грудь —

это херня.

А вот если обвисла херня —

это проблема.

ПРОВЕРКА

"Хочешь проверить своего парня?

Скажи, что ты беременна".

"Я сказал. Парень удивлён".

"Меняй парня, Серёжа".

ПРИМЕТЫ

Уши горят, значит обувь жмёт.

Щёки горят, значит тебя обсуждают.

Обед горит, значит руки из жопы.

Кот вылез из шкафа

и улёгся в раковину,

значит весна пришла.

СКВОЗЬ

"Если бы ты тогда
на меня не смотрела,
то ничего бы у нас, наверное,
и не получилось".
"Да я, честно говоря,
через тебя смотрела.
Там места для глаз
мало было".

СТИЛЬ

Для женщины главное
дорогое нижнее бельё.
А поверх хоть плащ-палатка.

ДУМАЛ

"Я много о тебе думал".

"Много? Бедненький.

Устал, наверное".

СДАЧА

Дать сдачи можно мелочью.

А можно в голову.

ССОРА ОТМЕНА

Бессмысленно даже начинать
выяснять отношения,
когда в доме посуда небьющаяся
и презервативы закончились.

ПОЗА

Если сесть на переднее сиденье

любой машины,

поставив ноги в каблуках

перпендикулярно полу,

можно коленками почесать уши.

СТАДИИ ДЕБИЛИЗМА

Срань господня.
(происшествие,
автослучай на дороге)

Жопа в калошах.
(бытовая оплошность)

Пизда с ушами.
(ой, как же вы так живёте
с разваренным вареником
вместо мозга?)

Ебанько, подай патроны.
(совсем ту-ту)

АККОРД

Кардиограмма.

Аккорд сердца.

ПОСЛЕ УЖИНА

"Так я заеду после ужина?"

"Заезжай. Во сколько?"

"После ужина".

"Милый, ужин у тебя во сколько?"

Ему ведь даже

в голову не может прийти,

что ужин бывает и в полночь,

когда в холодильнике

такая манящая,

а после двух ночи так вообще

самая вкусная на земле

колбаса.

ХОРОШИЙ ПАРЕНЬ

Вообще, он весь

очень правильный.

Хоть коньяк им закусывай,

такой кислый.

ВЕСНУ РАЗРЕШАЮ

Ну всё!

В воздухе запахло весной –

проснулся поёбышек.

НЕОТРАЗИМ!

Он конечно же бежит

с письькой наперевес.

Но что с него взять?

Ни подрочить ни покашлять.

Ведь он не доебёт

и яйцами не дохлопает.

СВИДАНИЯ

Иногда свидания
похожи на офисные собрания:
в добровольно-принудительном
порядке
посидели, потерпели, разошлись.

КРАЙ СВЕТА

"С тобой хоть на край земли!"

"Ну зачем нам эти крайности…"

ДОМАШНЯЯ ВЕЧЕРИНКА

У домашнего застолья

стойкий запах шпрот.

Дядя Володя с женой, усами

и неугомонными танцами.

Иришка-хохотушка,

седеющая блондинка,

вечно незамужняя,

Её Павлик. Сидит, скучает,

наблюдает за взрослыми.

Миллеры. Приходят позже всех,

много едят, уходят раньше всех.

Шпинько, самый пьяный

и самый веселый из всех шалопай,

в какой-то момент предлагающий

Иришке шмальнуть из мушкета,

а в итоге роняет шпроты на ковёр.

Выпили, поговорили,

похвастались, поплакали.

Крик – разбили бокал.

На счастье. Всем счастья

или только хозяйке? Решают.

Кот орёт. Тоже счастья хочет.

И о политике.

Ой, ребята, не надо.

Всё равно без нас всё решат.

Долг гражданский был. Отдали.

Еще бы банковский долг отдать.

Да, развалили. Да, разворовали.

А что делать? А могли иначе?

Салатика ещё хочешь?

Домашнее застолье

как ежегодное подведение итогов,

промежуточный результат,

калибровка успешности

среди соседей, друзей, коллег.

СПРЕЙ ОТ ГОРЛА

Горло знафит у меня забофело.

И куфива я фпрей фпефиальный

от бофнофа гофла.

А офт него яфык умлел нафих.

Вот так и гофофю и пифу феферь.

Язык разомлел наконец.

Ох, уж эти развесёлые добавки

во всё подряд.

СОТРЯСЕНИЕ

У него было сотрясение мозга.

Хотя…

сотрясать там, конечно,

нечего.

МАТРЁШКА

"Она в постели деревянная".

"Матрёшка что ли?"

СВОИМИ РУКАМИ

"Он постоянно что-то

мастерит и городит.

Ни одно так другое".

"Значит у него денег много".

"Так в том и дело, что нет".

"Значит у него ума мало".

ДАЧА

Мама полет асфальт тяпкой,

папа выуживает рыбу

из соседского бассейна,

я дружу с мухами и не понимаю

то ли это я такая сладенькая,

то ли наоборот говна много.

Скоро пойдем смотреть НЛО.

Дача.

НА ПЛЯЖЕ

Первый день.

Все чёрные, я – белая.

Второй день.

Все чёрные, я – красная.

Третий день.

Все красные, я – чёрная.

СЕМЕЙНАЯ РОЛЬ

В словаре старшей племяшки
я значусь под кодовым словом
"писать" и "юмор".
Ну так исторически сложилось, что
тётя Мила кое-что может,
а если не может, то всё равно да,
а потом разберёмся.
Написать сценарий
для КВН восьмого класса.
Мне, у которой два любимых слова:
жопа и говно.
И как теперь из них
составить слово счастье?
Эге-гей! Ну что,
эскадрон моих мыслей шальных,
еврибадикамон.

ВОСПИТАНИЕ ДЕТЕЙ

"Что делаешь?"

"Дочку жду".

"Почти полночь уже.

А ей только пятнадцать. Непорядок!"

"Ага, она вообще собиралась

идти рассвет встречать".

"Первый рассвет она может

встретить только на выпускном, блюя

в кусты. И не раньше".

"Вот и я так сказала.

Правду о кустах скрыла".

"А как младшая?"

"Ребенок играет в Золушку.

Я ей рассыпала на пол и смешала

гречку, фасоль и рис —

занимает часа на два".

ДОБРОТА

Двоюродная сестра

теперешнего мужа

моей двоюродной сестры

ввиду определённых событий

в родной стране

теперь живёт у бывшей жены

мужа моей двоюродной сестры.

Хочется всех собрать

и выпить виски.

СОСЕДИ

У подъезда моего нового,

недавно построенного дома

появилась лавочка,

а вместе с ней

бабушки со взглядами.

В проститутки не гожусь,

наркоман из меня

тоже никудышный.

В общем, пора переезжать.

ЦЫПЫ

Куры гриль – это цыпы
на качелях катаются.

ПОСЛЕ ВЕЧЕРИНКИ

"Ничего не помню.

Я кого-нибудь обидел?"

"Только себя.

Ты ронял себя и достоинство".

СХОДИМ

"По-моему, я схожу с ума!"

"Подожди, я схожу с тобой!"

СЛОВО

Мила на иврите означает слово.

Также есть другое значение –

крайняя плоть.

Это многое объясняет.

Неудивительно, что я

нравлюсь евреям.

БЕЗ СМАЙЛОВ

Сообщения без смайлов в конце
запросто могут сойти за проклятья.

КЛАССИЧЕСКАЯ ЛИТЕРАТУРА

Книги вроде "Улисс"

считаются классическими,

потому что человек

не способен признать,

что так долго страдал

и всё даром.

Ценится не удовольствие,

а затраченный труд.

ФАНТАЗИИ

Я оказалась не такой дурой,
как в его фантазиях.

НАДКУСАННОЕ

"Не поем так понадкусываю —
не очень хорошее качество".
"Если ты о еде, то я съем.
Даже надкусанное."

ЯМОЧКИ

"Куда делись

твои ямочки на щеках?"

"Горасфальт закатал".

УТЮГ И ЧАЙНИК

"Вот и не надо больше делать то,

что не твоё", подумала я,

когда во время глажки и готовки

упала, ударилась головой

и утюг чайником называть стала.

Бабушка моя ушла ещё дальше:

телевизор

холодильником называет,

так сказать,

хлеб со зрелищами путает.

Но ей по возрасту простительно.

Хоть и зовут нас одинаково:

её — громко, а меня — по имени.

ОДНИМ СЛОВОМ, ВОЛШЕБНО

"Ему нравятся

все мои посты в Инстаграм.

Абсолютно все, без исключения.

Что бы это могло значить?"

"Трудно сказать

что-то однозначное про человека,

который когда-то подарил тебе,

взрослой женщине,

куклу и кинжал".

МАЛЬЧИШНИК

"Что-то мальчишник затягивается".

"Правильно,

это же мальчишник,

а не утренник".

ТВЁРДЫЙ И МЯГКИЙ

"А где в Айфоне твёрдый знак?"

"Удерживай мягкий,

появится твёрдый".

"Где-то я это уже видел".

ВЕЧЕРНЯЯ АКТИВНОСТЬ

У взрослых вечером

увеличивается жор,

а у детей и котов —

активность.

СЛОЖНЫЙ ВЫБОР

"Чай или кофе?"
"Да".

ОЧКИ

"А очки у тебя 'плюс'?"

"Да. Как ты определил?

Зрачки в очках увеличились?"

СПОСОБНОСТИ

Если мужчина не может
женщину разговорить,
он начинает её спаивать.

МОДА

Любовь.

Это единственное,

что всегда в моде.

ПЕРЕМЕНЫ

Если всё не нравится,
то пора что-то менять:
или прическу
или жизнь.

ЛЯПНУЛ

Когда человек говорит глупости,
этому есть всего два объяснения:
он либо влюбился,
либо всегда дурак.

ТЕХНИКА БУДУЩЕГО

Да, давай, набирай на часы,

пока бекон с серёжкой

синхронизируются.

О! Ещё туфли зарядить надо,

Одиннадцать процентов осталось.

Глючат.

МАНЕРНОСТЬ

Манерность, как правило,

обходится дешевле

покраски волос.

И стоит всего-то одно

домашнее зеркало в полный рост.

Манерность невозможно пережечь

или остричь как-то неправильно.

Но если при этом волосы на голове

выглядят, как не на голове,

то манерность не стоит ничего.

И её уже никак

красиво не уложить.

СОСТАВ

Когда во рту кошки,

в голове тараканы и мухи,

а в попе детство,

то пора в зоопарк.

ПОКУПКА

"Что самое приятное
можно купить за деньги?"
"Возможность
не думать о деньгах".

ПОГОВОРКА

Всё, что не делается — не делается.

ПРОСВЕТЛЕНИЕ

Когда количество абсурда
становится критическим,
наступает просветление.

НА СПОРТЕ

"Тебе нужно жир сжигать".

"А я его давлю".

"Это новая методика какая-то?"

"Ага. Моя собственная".

"И как ты это делаешь?"

"Всё очень просто.

Лежу на диване

и таким образом давлю жир".

ВЫПУСК НОВОСТЕЙ

Истерические хроники.

Исторические хроники.

Хронические истерики.

И о погоде.

АНАЛОГОВЫЙ ФОТОШОП

Художник-портретист –
это аналоговый фотошоп.
Тоже убирает прыщи
и добавляет контраста.

УМЕНИЯ

Любой здравомыслящий человек,
в зависимости от ситуации,
может сымитировать три вещи:
оргазм, сарказм и маразм.

ПЕРИЛА

Перила –
это человек,
которого прёт.

СЛОГАН

"… АКТИВИА.

Больше, чем йогурт…"

Ещё и топор.

СТЕРЕОТИПЫ

Где бы ты ни был

и куда бы ты ни шел,

в любом городе, в любом месте

обязательно есть:

красивые люди

в красивых нарядах,

некрасивые люди

в красивых нарядах,

красивые люди

в некрасивых нарядах,

некрасивые люди

в некрасивых нарядах.

БИЗНЕС

B2B.

Ƅляди2Ƅабло.

КАК НИ СТРАННО

"Ты меня любишь?"

"Да".

"А скажи, как ты меня любишь?"

"Как ни странно".

РАЗГОВОР С ПОДРУГОЙ

" У тебя дома есть есть?"

"Ну, есть еда и борщ…"

После обеда.

"Ох, я кажется переела.

Надо выпить Кока-Колы.

Она мне как-то помогает

переварить еду,

по принципу очистки

чайника от накипи."

ШКОЛЬНЫЕ ЗНАНИЯ

"Какие знания

действительно пригодились

после школы?"

"Надобность

скидываться на подарки".

ПОЗА

Если женщина
сделана из ребра Адама,
а вопрос стоит ребром,
то как мне встать?

ОДЕССИТ В КИЕВЕ

"Молодой человек, не подскажете
как пройти на улицу Койкого?"
спросила одессита
случайная прохожая.
"А я знаю?" ответил тот
с характерным акцентом
и улыбнулся.
"Так и подскажите".
"Да я с удовольствием.
Но честное слово не знаю".
"Зачем же тогда сказали,
шо знаете?!" фыркнула та.

В ТАКСИ

"У меня поменялся маршрут.

Вместо Горького поедем на Боженко".

"А что, на Горького уже не едем?"

"Нет".

"Но у меня в заказе на Горького".

"Теперь на Боженко 86Д".

Позже такси остановилось у дома 86.

"Вам дом 86?"

"86Д".

"А?"

"86Д!"

"86Г?"

"86Д! 86Д! Д – Дмитрий!"

"Я не Дмитрий".

ИНСТИТУТ ПРОЧНОСТИ

Есть в Киеве

Институт проблем прочности.

Какую они там прочность исследуют,

проверяют и восстанавливают —

это детали.

Главное, чтоб прочность была

и никаких проблем.

И вот, однажды ночью

Институт прочности горел.

Ну, я не знаю…

Если даже Институт прочности…

Потом оказалось, в новости

пропустили одно слово —материалов.

Прочности материалов.

Всего лишь одно слово,

а столько новых смыслов.

Институт прочности

проверку на прочность не прошел.

Впрочем,

не следует закапывать заранее

Институт такой не очень

прочной прочности.

Не весь же сгорел.

Он, подобно муравейнику,

отстроится.

Не первый раз горит.

КОТ МИТРОФАН

Ты куда собралась, дрянь?

Милка, ну, пожалуйста,

возьми меня с собой...

Гляди, я помещаюсь в чемодан.

У меня и паспорт имеется.

Да, заполз во внутренний карман

и теперь буду тут жить.

Ничего я тут не обслюнявил,

так только,

шерсти немного раскидал.

Ну а что ты хотела?

У меня же стресс.

Смотри, даже вся морда мохнатая.

Твоя ж мать меня закормит

до смерти!

Всё? Пора?

Ты прям сегодня что ли?

А, это мне пора вылезать… Эх…

Йогурт? Не хочу… фу, не буду…

А он клубничный?

Так! Меня этим не возьмешь.

Ой, ладно тебе.

Что говоришь? На полу муха?

Смешная. Куда она денется.

А йогурт всё ж оставь! И ты это…

Поскорей давай. Я всё сказал.

Жду.

Мур!

КУПЕ С ДЖЕНТЛЬМЕНАМИ

Мила-цветочек ехала в сарае

с тремя мужчинами в вагоне купе.

Носки сняли, шансон послушали,

пивом всё вокруг и себя окропили.

Ну, думаю, всё.

Фортуна повернулась копчиком.

Прошло три часа.

Пиво в несколько заходов убрали,

ноги помыли,

нижнюю полку уступили.

И то, что воняло уже сырными

сухарями — такая мелочь

по сравнению с тараканами.

Один из попутчиков порывался

за шампанским сбегать,

а другой всё улыбался

своим серебряным зубом.

"Ну, силь ву пле, так сказать,

шоб шарман.

Заткнись ты Вася, Христа ради,

спать вон иди.

Не видишь, я тут ухаживаю, едрить,

за мадемуазелью.

Мила, а ёбните с нами пивка?"

"Себастьян… Сеня", говорю,

"Вы такой джентльмен,

шо я вас уважаю".

"Эх, жаль я курицу

не успел купить…"

"Вы два раза джентельмен,

что не купили!

И это хорошо ещё,

что яйца вкрутую не сварили".

"Ёбнуть пивка" я отказалась.

И вообще прекратила немедленно

всё вот это вот удовольствие,

поскольку мальчики

порывались уронить головы

в канцерогенные закуски.

Когда через пятнадцать часов

поезд наконец домчал меня

на малую родину,

прям такая радость была,

такая радость, думала лопну.

На обратном пути, в купе,

попутчица начала вдруг

стягивать с себя штаны,

переодеваясь в спортивные,

Я решила выйти.

"Что вы, что вы! Сидите!

Вы мне совершенно не мешаете",

замахала она так,

что у меня начало рябить в глазах.

Всё-таки каждая женщина

в душе немножечко стриптизерша.

Ей бы шест — она и спляшет

и тесто раскатает.

ГОРОД ДЕТСТВО

Громкий, назойливый,

как сирена скорой помощи,

голос бабушки

с балкона пятого этажа.

Большая тёплая рука дедушки

и сливочное мороженое

в бумажном стаканчике

с деревянной палкой.

А ещё белое пирожное,

внешне похожее на мороженое,

в таком же вафельном стаканчике.

Мозоли на руках от турника.

Жвачки с наклейками. Счастье.

Лото и игра в дурака и в шахматы.

Подруга Таня-Комендантша.

Короткая стрижка под горшок

и злость на тёток,

принимающих меня за мальчика.

Огромные белые банты на голове,

не только по праздникам.

Кажется, потом мне все же

отрастили волосы.

Сказка про рыбу каждый день –

это же любимая сказка.

"Бабка стукнула деда по башке,

села в автобус и уехала" –

авторская версия сонной мамы.

Смена одежды по три раза в день.

Икона стиля, ага.

"Салатовый" цвет самый модный.

Синий пуховой костюм, зимний.

Случайно разорвала штаны,

свалившись с санок. И надо же,

именно в этот момент бабушка

хвасталась соседке, что я – молодец,

ничего никогда не рву и не ломаю.

Соседка долго смеялась,

бабушка краснела,

а мой зад в дыре мерз.

Кислые яблоки с дерева во дворе.

Кажется, это был "белый налив".

Яблоня росла над очень-очень

скрипучей качелей.

Может быть поэтому

яблоки вобрали в себя весь скрип

и стали такими кислыми?

Летом на балконе —

надувной бассейн,

доверху залитый теплой водой.

Бедные соседи снизу.

Сметана из стеклянной банки,

крышка которой пробивалась

косточкой указательного пальца.

Автобусы ЛАЗ горчичного цвета.

Они ужасно гудели и воняли,

так как работали на солярке.

В них постоянно тошнило.

Игра с бабушкой в персонажей:

мы с ней два Санька,

а мама Марик. Папа не играл.

Дедушка спал в кресле.

"Алёш, ну иди ж ты в кровать ляг,

тут же неудобно спать!"

"Я не сплю". И снова храп.

Мурашки от заставки

телекомпании "ВИД".

"Вставай, пришел побудка"

будил по утрам дедушка.

Разбитые коленки, зелёнка,

и снова разбитые на том же месте,

трижды за день. А-а-ай!

В семь лет проснулся повар.

На даче вместо укропа

порезала в салат ботву моркови,

добавила не фильтрованного

подсолнечного масла, помешала.

Поэтому на ужин ели черешню,

гигантскую, почти чёрного цвета.

Кажется, в ней было больше

протеина, чем в телятине.

Первая учительница Гречка-Мех.

Она часто любила повторять:

суббота – девочкам работа,

а мальчишкам дуракам,

толстой палкой по бокам;

воскресенье – девочкам печенье,

а мальчишкам дуракам,

толстой палкой по бокам.

Ну что сказать о человеке:

Хорошо, что у неё был не сын.

Одна одноклассница постоянно

опаздывала на первый урок.

Она сидела прямо передо мной

и бесила меня своим хвостом,

в котором была куча "петухов".

В то время это было немодно.

Я не понимала, как она могла так.

Каждое утро я боролась с желанием

накинуться на её хвост

и гладко-гладко причесать.

После первого урока

она шла к зеркалу

и сама причёсывалась.

Но всё равно оставляла

пару "петухов" в хвосте,

от чего бесила меня ещё больше!

Восьмое марта.

Мальчишки выстроились в ряд

и читали заготовленные стихи.

А потом дарили цветуёчек

каждой нам из маленьких баб

в бантах, платьишках,

белых колготках, что вечно норовят

сползти с жопы,

и в праздничных туфлях,

которые жали даже в локтях.

Поздравляли коллективно,

а цветы всегда дарил один.

Мне везло. Мне дарил цветок

моя взаимная любовь Лёшка.

Распределяли они там заранее,

кто кому дарить будет.

Все знали, я – Лёшкина.

Боже, как он краснел

и как при этом улыбался до ушей!

А потом мы танцевали рок-н-ролл

на классной вечеринке.

И мне было плевать

на сползающие колготки.

Я была пьяна от Дюшеса,

и от песни "рокогого" направления

"Была б баба Люба, она б дала. Тути

фрури, о люли".

Или как там пел Литл Ричард?

Ещё была песня, что звучала как

"Тебя, наверно, ждёт

дед в саду, дед в саду".

Так она и останется неизвестной.

Дальше, классе в шестом,

у меня был Мишка.

И снова на женский день

коллективное поздравление.

Сбросились на торт и чай.

Мишка сам, без коллективного,

притащил огромный такой букет

весь в фиолетовых блёстках.

Отмывалась от них неделю.

Потом нас разлучили:

меня – английский, его – коньяк.

Неделя на Азовском море,

в домиках с комарами и паутиной.

Все-все все. Друзья, знакомые.

Человек пятнадцать, наверное.

Там была самая вкусная

жареная картошка

и самый вкусный салат из

белокочанной капусты

с петрушкой и майонезом.

В тазике. Это не шутка.

(Кажется Анька?) переписывала

в собственной редакции

"Звёздные войны",

а потом писала продолжение;

и всё это в тетрадках в клеточку.

Скрупулезно так писала. Долго.

Года четыре.

Преподавательница в лицее

по французскому языку.

В её классе плохо топили зимой.

Она часто мёрзла и носила

красный шарф с начёсом.

А ещё ногти с часто ободранным

лаком непонятного цвета.

К холоду это вряд ли относилось.

Она пила растворимый кофе

из белой кружки в красный горох,

прямо во время урока.

Мне ужасно это нравилось.

Так никто больше не делал.

Я запомнила и копировала,

ведь дома у меня была

точно такая же кружка.

Подружка Янка называла

Пьера Безухова

Пьером Безруковым.

И правда, руки, уши,

какая к чёрту разница.

С ней можно было поржать.

А ещё у неё дома

была ужасно вкусная соя.

Нигде больше такой не ела.

Надувшись чаю с лимоном,

мы ещё не мечтали

о луивьютоновских авоськах —

причуды были другие. Детские.

ВАЛЮША

Звоню маме.

Думаю, что-то странное случилось —

целые сутки прошли, а она молчит.

"Мать", говорю,

"ты чего не звонишь?

Я начинаю волноваться.

Мне же замуж срочно,

и детей тоже срочно.

И кушала последний раз вчера

И шапку я не надела.

И вообще без колготок хожу",

провоцирую я родительницу

на её любимые темы.

"Подожди, у меня тут

эта рыжая дрянь рожает!"

и бросила трубку.

Так-так! Это стоило за одни сутки

снова не выйти замуж, не родить,

не надеть шапку и колготки

и не пожрать горяченького,

как мать какую-то рыжую нашла.

И она сразу там взяла и рожает!

Я даже предположить не могла,

кто бы это мог быть.

Из знакомых семьи,

всех вместе взятых,

нет ни одного рыжего человека.

Точней есть один.

Но это рыжий мальчик

как раз с виду беременный,

давно в стадии

позднего постклимактерия.

Так что без вариантов ему уже.

Мать шла домой.

Мать несла мороженного хека.

Во дворе дома живёт своя домашняя

бездомная кошка.

У неё курносый нос

и длинные усы.

Любой женщине нравится,

когда у другой самки усы.

С ней хочется дружить.

Я давно предложила забрать

домашнюю бездомную кошку,

с курносым носом и усами,

домой. Навсегда.

Её можно отмыть

и прикладывать к бабушке.

Хотя проще бабушку просто

обмотать кошкой два раза всю.

Как один мохнатый компресс

из кошачьей шерсти.

Потому что у бабушки болит, ломит

и отваливается всё сразу

одновременно.

Я намекнула как-то

застраховать ~~братуху~~ бабушку

в какой-нибудь компании

типа "Альбатрос".

И ломать специально ей

ничего не прийдется.

Она сама с этим

на ура справляется.

А кошку можно просто так,

для поднятия настроения иметь.

Но "Альбатрос" — это долго

и возня с бумагами.

Поэтому мама несла бабушке

мороженного хека.

Костям полезно. И для мозгов.

Чтоб не повадно было

лезть к потолку шторы снимать

в восемьдесят пять лет!

И тут навстречу выбежала

домашняя бездомная кошка.

Тоже хотела рыбы.

Хек не отломишь голыми руками.

У кошки от запаха рыбы во льду

слюни волочились по земле.

И вот мать позвала кошку с собой,

чтобы дома уже отрезать ей хека.

Девочки зашли в лифт.

И тут кошка распласталась

и ну давай рожать.

"Ты, дура рыжая,

что себе позволяешь?!

Я с работы иду, устала,

ещё хек этот блядский

всю сумку завонял.

И не ори ты так!

Я тебе не анестезиолог.

Эпидуралки нет!" сказала мать.

А кошка продолжала орать

и рожать из себя котят.

Мать кричала в ответ

на "эту рыжую потаскуху":

"Отползай, кому сказала!

А то родишь детей в шахту лифта,

они башкой ударятся,

дебилами вырастут".

А этой хоть бы что.

Жопу растопырила.

Глаза растопырила. Мя-а-ау!

А мать проём

между кабиной лифта и шахтой

начала загораживать. Хеком.

И вот "эта потаскуха" родила.

Весь подъезд успокоился.

Начали поздравлять рыжую мать.

Прямо в лифте все и столпились.

А моя мать налила себе коньяку.

И бабушке заодно.

Папа тоже налил

и бегал по коридору в квартире.

Пусть бабы там сами рожают.

Не прошло и месяца.

Рыжая дрянь пришла к маме

с благодарностью:

притащила в зубах живую мышь.

В знак женско-сучей дружбы.

К куме в общем пришла она.

Не с пустыми ж руками.

Мышь не просто старо-умершая,

а самая свежая, без ГМО,

даже глазами моргает ещё.

Только пошевелиться не может.

Мама конечно поорала

(всё-таки это мышь!),

спасибо-спасибо, не стоило.

И пошла искать остатки коньяка

(всё-таки это мышь!).

"И знаешь что?", сказала мать.

"По-моему, Валюша

(так назвали мы "эту потаскуху")

снова беременна…"

И поболтали мы с мамой ни о чем.

И она даже не заикнулась,

что мне же замуж надо срочно,

и детей тоже срочно.

И что кушала я последний раз вчера.

И шапку не надела.

И вообще без колготок хожу.

Да и ну какие колготки,

когда на улице плюс восемнадцать!

#МАТЬЛУЧШЕЗНАЕТ

"Ну Ляль,

ну как ты его не помнишь?

Кучерявый такой,

его ещё Сережа звали",

описала мать все приметы.

И я сразу вспомнила Сережу,

кем бы этот человек не был.

"С праздником Крещения!"

"Спасибо, мам, и тебя".

"Мы же все верующие.

Это очень большой

церковный праздник".

"Ты окуналась?"

"Ляль, я что, раненная

в такую холодную воду!"

"А сейчас уже футболисты

на поле вышли,

гимн начали петь голосами".

"Чем же ещё им петь, ма?"

"А, ну да. Хотя мало ли.

Видела бы ты чем они играют".

"Христос Воскрес!

Сейчас начнется служба,

буду смотреть и святить воду

под телевизором в спальне".

"Воистину мать ты совсем уже?"

"Это ещё Кашпировский говорил,

что телевизор передает всю силу;

я верю".

"Ну и где теперь Кашпировский?"

"Ладно, как знаешь.

Тут икону Божьей Матери привезли.

Схожу к ней, помолюсь,

попрошу за тебя".

"Гастроли иконы по стране?

Как называется тур?"

"Да ну тебя…"

"Хорошо, раз хочешь, сходи конечно,

отдай культ".

"А у нас так прям празднично,

все мужики с цветами ходят…"

"Ма, а чё мужики-то с цветами?

Женский же день".

"Мне тоже сегодня

много хороших слов наговорили.

Вот например, поздравили меня

пять минут назад с весной.

Очень приятно".

"А кто звонил?"

"Да чёрт его знает. Без понятия.

Незнакомый номер".

"К нам знаешь кто приезжает?"

"Кто, ма?"

"Безруков с театром Табакова".

"Хочешь пойти?"

"Ой, нет!" выплёвывает слова ма.

"Чего так?" уточняю я.

"В телевизоре он вон, красивый.

А тут на сцене – не факт".

После серии шуток мать присылает

очередное сообщение.

"Мне ещё нравится обозначение

медсестра-всадница".

"Мать, как по́шло".

"Лялик, что по́шло?"

"Медсестра-всадница".

"Всадница значит

укол всаживает в попу".

"Ааа! Без подробностей".

"Ладно, ладно, я кончила".

"... его следует звать

помогать, сосать,

чтобы чувствовал себя человеком,

в котором нуждаются".

"Мать, ты уверена?"

"Спасать! Я хотела написать спасать!

Спасать!!!

Хотя, учти оба варианта".

"Надо к гинекологу сходить".

"Что случилось, мам?!"

"Грудь болит".

"О боже. Давно?"

"Месяца три".

"Так, бегом к врачу!"

"Да нет, не в том смысле болит".

"А в каком? Стоп.

У тебя грудь болит или сиськи?"

"Ну грудь. Не выражайся".

"Мать, грудь или сиськи?"

"Грудь".

"Так это к кардиологу.

Ох, ты, как обычно, ага.

К правильному врачу

собиралась идти.

К урологу ещё загляни,

зубы проверь".

"Что делаешь, мамуль?"

"Я тёток своих с работы забрала,

менеджеров и бухгалтера.

Они мне баклажаны тушат

и в банки закатывают".

"Так пусть дома заодно полы

помоют, раз такое дело".

"Уже. А сейчас вино пить будем.

Главное баклажаны потом

не открыть и не съесть.

Всё-таки на зиму крутили".

"Ты маму слушаешь?"

"Да, все альбомы есть".

DJ Mama feat Scratcher Babushka
present the New Album
"Mi tak reshili".

Track list:

1. Obuy tapki

2. Da chto ti tam pokushala

3. Chego molchish?

5. Pochemu ne doma, uzhe pozdno

6. Ya obizhus

7. Ya obidelas

8. Mi obidelis

9. Ya bolshe ne priedu (joke track)

10. Pora vnukov

11. Pora zamuzh

12. Special bonus track "Chto ti sebe dumaesh" with family symphonic orchestra "Na metle".

На этот раз, без предупреждения,

была объявлена игра

"А ты купи слона".

А маменька в ней просто чемпион.

"Ляль, тебе нужен брючный костюм!"

сходу начала та.

"Ма, я платья люблю".

"Нет, ну ты подумай.

Брючный костюм".

"Мам, я не люблю

брючный костюм".

"Но тебе в нём так хорошо…"

"Мама…"

"Сама подумай, классика вечна".

"Мама, мне нравятся платья".

"Ну какая ты глупенькая.

Хоть раз бы меня послушалась

и купила себе брючный костюм".

"Ма, ну сколько можно, а?"

"Ладно, ладно…"

"Мам, что у тебя нового?"

"А если ты купишь

брючный костюм…"

"Хорошо,

я куплю брючный костюм".

"Вот ты это сейчас сказала,

чтобы я просто отстала, да?"

"Нет, ну что ты.

Я куплю брючный костюм.

Всё как ты и хотела".

"Хорошо. Обещаешь?"

"Да."

"Точно?"

"Да!"

"Там на улице холодно.

Ты одеваешься?"

"Нет, нахохлилась и голой хожу".

"А вот был бы у тебя брю…"

"Пока, мам".

"А кто у тебя интернет провайдер?"

"Холинет".

"А холи он тогда плохо работает?"

"У нас новый магазин открылся
на улице Советской.
Называется *Оргазм*".
"Ну и как выглядит этот
советский оргазм?"

МУДРОСТЬ ОТ МАМЫ

Ты мне только смотри там.

ВИДЕНИЕ

"Я художник, я так вижу".

"Выходит, что ты слеп.

Сходи к доктору".

ПРОГРЕСС

Работа в экране,

друзья в экране.

В модном ресторане

свежевыжатая сушнятина.

О! Вот и мой Убер подъезжает;

сейчас он меня уберёт.

Дома ждут вымышленные люди

в экране по подписке:

стриптизёр, трансвестит, гадалка,

пистолеты, президент

и что-нибудь, конечно, о любви.

Эффект присутствия,

будто что-то происходит,

бурлит, меняется. Не понарошку.

АГЕНТ ОСОБОГО
НАЗНАЧЕНИЯ

Он держал её за талию,
А она его за дурака.
Так сидели и болтали:
Он о любви, а она ногами.

Лора хотела быть шпионом.

Чтоб с пистолетами, погоней,

шефом с зелёными глазами.

И мир спасать, под настроение,

если причёска удалась.

Только не понимала,

как ей завербоваться

на должность спецагента.

Не на сайтах же поиска работы

искать объявления.

Да и как бы это выглядело?

Требуется ассистент

в большую компанию.

Ненормированный график,

много международных

командировок, умение работать

одному и в команде,

коммуникативные навыки,

стрессоустойчивость.

Лора была спецагентом

другого ведомства,

выполняющим миссию

особого назначения – замуж.

Найти самца, заманить, обуздать,

убедить, что оно ему надо,

заставить одуреть от счастья и,

пока не оклемался,

потащить тушку в ЗАГС,

чтобы никуда не делся, мерзавец.

Чем ни агентурная вербовка.

Будто бы только при наличии

штампа можно сделать

кислое лицо,

чтобы все сразу забегали.

Порой применяются совсем крайние

меры — подкуп, запугивания, шантаж.

Борщами, отсутствием секса,

внезапной лёгкой беременностью.

Как будто мужчина —

это оленёнок Рудольф,

которого надо загнать в капкан.

А она — работник частного

лесного хозяйства,

непременно на каблуках,

в красной помаде

и с развивающимися волосами,

как тополь на ветру.

В учебниках по оленеводству

так прям и сказано:

надо брать на приманку —

котлеты и кружевной лифчик.

А потом ещё следить,

чтоб Рудольфа какой другой егерь

с пятым размером обаяния

не забрал в свой лес.

Чтобы вдруг не вышло:

"Его из семьи увела некая особа".

Ну да, мужей постоянно уводят

какие-то роковые женщины,

а не они, мужья, сами

своими ногами и мозгами уходят,

по собственному желанию.

Лора хотела долго и счастливо,

а не коротко и так себе.

Котлеты не любила,

лифчик не носила.

И пусть она никогда

не прошвыривалась в Дубай,

зато тушила отменную курогрудь

и была с чудинкой.

Читая в интернете статьи вроде

"7 мужских потребностей,

о которых должна знать

каждая женщина",

"3 типа женщин,

от которых мужчины не уходят",

"8 способов влюбить мужчину",

Лора высказывала мнение вслух

сложноподчинёнными фразами,

состоявшими только из громкой

отборной нецензурщины так,

что цветы в горшках чахли.

Лора работала администратором

в медицинском офисе.

В тот перерыв на обед

она совмещала еду и зрелища:

сухомятничала и выбирала

в интернете резиновую пипиську,

когда в дверях появился он.

Толик был похож

на пухлого Микки Мауса

с некрасиво и непропорционально

прогрессирующими

лысиной и животом.

Его кровать уже видала

много весёлых взлётов и падений.

В любовных историях Толика

бывали и шикарные цыпочки,

и те ещё курицы.

Но стада уже не бегали,

разве что только в голове.

Лора была очень независимой

и активно об этом заявляла.

К тому времени она так долго

ездила на автобусе,

что у неё уже начала

падать самооценка.

Толик ещё при знакомстве

стал пожирать её глазами.

"Не чавкай", попросила Лора.

Женщины, в каком-то смысле,

трахаются за еду.

Но бывают гурманы

и гастрономические привереды,

а есть кулинарные невежды,

готовые на сухой паёк

со сроком годности.

Как говорится,

экономический потенциал

экономическому потенциалу рознь.

Есть экономический потенциал

шить трусы,

а есть экономический потенциал

делать баллистические ракеты.

"Мы будем вместе, я знаю

таких, как ты", напевала Лора.

Лора считала всех мужчин

одинаково примитивными.

И что надо им только одно.

Тогда он на всё готов,

в эквиваленте туфель и морей.

И если у него есть

пару завалявшихся мульёнов,

то его морщинистая задница –

это такая мелочь.

Зато ведь своя задница, родная.

Не зря же она, Лора,

ноги каждый день брила.

У Толика был существенный

недостаток, один, но зато какой.

Толик очень много говорил.

Его разговоры могли перетекать

в безостановочное брюзжание.

Толика можно было

подключать к двигателю

и вырабатывать энергию.

Он карябал пространство

согласными и междометиями.

Голос у Толика был,

как у ёжика запор.

Временами он так надоедал Лоре,

что она даже подумывала

завести Толику любовницу —

вот пусть с ней и разговаривает.

Когда Лора злилась,

то покупала шарики с гелием,

дома вдыхала и орала на Толика.

Тот в ответ только смеялся.

Ссоры не выходило.

Вскоре они поженились.

ГЛУПЫЕ ВОПРОСЫ

"А как тебя зовут?"

"Мила".

"Имя прям Мила? А полное как?

А в паспорте тоже Мила?"

"Мила".

"Очень мило, гы-гы-гы".

А если бы меня звали Рада,

все были бы очень рады.

"У тебя волосы сами вьются?"

Что ты, целую команду наняла

специально для этого;

безвылазно и без выходных

люди работают, вьют.

""О! Ты же пишешь.

Тебе надо обязательно

интервью у меня взять."

"О! Ты же пишешь.

А расскажи какую-нибудь

интересную историю?"

"О! Ты же пишешь!

А скажи тост?"

"Переведи, о чем в песне поют?"

"Ты постриглась?"

Видно же.

"Ну просто отвратительное на вкус!

Хочешь попробовать?"

Нет-нет, я верю, что отвратительное.

Нам необязательно страдать вместе.

"А расскажи о себе?"

Я — обалденная, ни дать ни взять.

Хотя могу и дать и взять, если захочу.

(в ресторане)

"Вы закончили? Это убрать?"

Ни в коем случае. Говорят, грязные

тарелки привлекают энергию денег.

"Как дела?"

"Лучше всех".

"Здорово. Так, а как дела?"

"По-прежнему лучше всех,

за пять секунд

вообще ничего не поменялось,

хотя нет, вот — ногти отросли".

"Чего молчишь? О чём думаешь?"

Кофе, Таймс Сквер ужасен,

хорошее было лето,

хочу французский батон,

не забыть поздравить с днём рождения,

как перевозят котов в самолёте,

лучше вот так написать,

вкусный артишок,

то-то туфли в этом году подорожали,

какой второй сюжет в книге,

о, дурак на дороге,

хохотули — смешное слово...

"Да так, ни о чем".

"А как думаешь...?" —

недосказать, отвлечься,

буркнуть "подожди",

отложить мобильный,

убежать куда-то,

потом крикнуть из оттуда:

"Ты ещё тут? Не клади трубку!" —

отключиться, потом перезвонить

и быстро шёпотом,

"Не могу сейчас говорить,

позже наберу".

И ты вся такая стоишь и думаешь.

А как думаешь?

Получается, всё же стоя.

ТЕПЛОЕ ГОСУДАРСТВО

Давно обамериканенный белорус

ещё во время учёбы,

как он сам говорил "в калледже",

как-то решил пошутить.

Собрался ехать зимой домой,

в Минск.

Друзья поинтересовались,

а где находится Беларусь

и не Россия ли это.

И добавили, что там ведь

сильно холодно зимой,

настолько сильно,

что для здоровья опасно;

и как же туда

по доброй воле ехать можно.

На что белорус ответил,

что вообще-то там не холодно

и это теплое и уютное государство

на берегу Средиземного моря.

И едет он туда зимой,

чтобы позагорать.

Друзья даже позавидовали.

А белорус специально в Минске

в солярий недельку походил —

загаром обзавёлся.

Средиземноморским, ага.

Вернулся на учёбу;

друзья ему комплименты делают,

подумывают тоже как-то

в Минск махнуть ни глядя,

зимой: позагорать,

Средиземкой подышать.

ГЕНДЕРНЫЕ ВОПРОСЫ

Обсудить новый проект,

и подписать контракт

предложили в бане.

Даже не знаю как реагировать.

То ли на меня, как на женщину,

ноль внимания, то ли наоборот —

необоснованно много внимания.

Невозможно работать

в такой обстановке.

Если первый вариант,

то нужно ли в таком случае

звать шлюх и поить водкой?

Да и в баню эту я хожу с другом,

который отменно лупит меня

березовым веником.

Он знает в этом толк.

Меня его любовницей считают.

Другу хорошо — его просто

больше уважать стали.

А мне одни взгляды только.

Я даже обижаться перестала.

Жаль, что баня ассоциируется

не с медом и облепиховым чаем.

Всё же в одежде удобней ставить

подпись и печать.

И пот со лба не капает,

и бумага селедкой не разит,

и лист березового веника

к пункту об обязанностях сторон

не липнет.

Идите в баню. Сами-сами.

ЗА КАЖДЫЙ ДОКУМЕНТ

Нужно было сделать справки.

В госпредприятии МВД Украины

"Ресурсы – документ" инспектор

долго смотрел на мои документы,

шерстил все свои ресурсы, думал,

"это будет стоить триста гривен

за каждый документ",

отвернулся ответить кому-то,

снова смотрел на мои документы,

"это будет стоить пятьсот гривен

за каждый документ",

отвлекся на другого посетителя,

"это будет стоить семьсот гривен

за каждый документ",

вышел что-то уточнить, вернулся,

"это будет тысяча гривен

за каждый документ".

Так прошло двадцать минут.

Было крайне любопытно узнать

окончательную стоимость

"за каждый документ",

но рабочий день заканчивался

и госпредприятие закрывалось.

Завтра новый день, новые цены,

новое, кто ж знает, всё.

МИССИС АМЕРИКА

Конкурс "Миссис Америка-2015"

пройдёт в Севастополе,

объявили в новостях.

Ну и, в порядке бреда, провести

"Миссис А чё она сама как дура"

в австралийском городе Уии-Уаа.

"Дважды Миссис, дай бог

не последний раз" – в Кобыляках.

"Вот если бы не его Миссис" –

в монгольском городе Манды.

А "Миссис Любовь" переносится на

неопределенный срок –

в городе Счастье нынче неспокойно.

Но это временно.

ПЕРЕНЕРВНИЧАЛА

В институте все боялись профессора

теоретической теории

Татьяну Олеговну Приступенко.

По двум причинам.

Она ненавидела всех девушек —

студентка увела у неё мужа.

Она обильно красила глаза

чёрным карандашом

и была похожа на злобную панду.

Перенервничав, перед экзаменом

одна студентка выпила лишнего

и назвала её, профессора,

не Татьяна Олеговна,

а Олена Телеговна.

Сдала конечно.

Ведь чувство юмора

чёрным карандашом не закрасить.

ХОРОШИЙ ЧЕЛОВЕК

"Мила моё имя".
"Редко встретишь
хорошего человека".

О ЛЮБВИ

Сначала я убегала, он догонял.

Потом он убегал, я догоняла.

А теперь я никуда не бегу.

КОЗОЧКА

Сидит одна, скучает,

дует чай и губки куриной попкой.

Сдаёт себя, как стеклотару.

Ищет дружескую

оральную поддержку.

С такими девочками вообще беда.

Они вечно хотят на ручки,

шубохранилище, туфельки

и цистерну шампусика. И геля,

побольше геля на ногти, на все!

А только недавно плевала

в тушь "Ленинград".

У нее свой словарь.

Поставить воду на голову –

это значит нагреть воду,

чтобы помыть волосы.

А тремпель – это вешалка,

она же плечики для одежды.

Рисковая девушка.

Может наесться варёной кукурузы

перед первым свиданием.

Она, конечно, дай боже.

Хотя – не дай боже никому.

Из села она себя вывезла,

а дальше она не вывозит.

Занимается пиаром, говорит.

Пристал к ней один продюсер.

Они ж все продюсеры, ага.

"Я чуть-чуть

группой одной занимаюсь,

поможешь пиар сделать?"

"Возможно", включается Козочка.

"Поехали ко мне, ну, там то сё..."

"Что то сё?" Козочка понимает,

пахнет жаренным дерьмом.

"Познакомимся поближе,

в неформальной обстановке

так сказать, кхе-кхе".

"А если мне не понравится,

ты оденешься и уйдешь?"

Кризисный пиар ему в одно место.

Задолбалась она.

Через несколько десятков лет

Козочка превратится

в бдунью общественного мнения

и надзирателя морали.

Оно всегда так бывает с Козочками:

перекосы в разные стороны.

А потом и сторон не остаётся,

даже в договорах.

ЗАСЛУЖЕННЫЙ

"Я многого не хочу.

Я хочу заслуженного".

"Артиста Украины?"

"Знаю-знаю, мир несправедлив.

Тогда пусть будет

незаслуженно много денег.

Ведь заслужить такую сумму

просто неприлично".

АРГЕНТИНСКОЕ ТАНГО

Нагулявшись по улочкам Бронкса
со своей новой девушкой
и её аргентинским задом,
Макс проводил их до квартиры,
подождал, когда закрылись замки
и направился в сторону метро.
Бронкс после полуночи
оказался дружественным местом:
местные жители сделали приятно
и сохранили Максу жизнь.
От переизбытка эмоций
Макс уснул прямо в вагоне метро,
который вез его домой в Бруклин.
Проснулся от того, что двое ребят
зазывали на танцы:

пихали по плечам, толкали в бок,

делали акробатическое па –

короче, вели в танце отвратительно.

Хотелось показать доходчиво,

как именно следует исполнять

хук правой в этом танго,

но тут один танцор достал нож.

Макс достал мат и кулаки.

Спортивный танец закончился

только когда подбородок у Макса

стал похож на змеиный язык –

он будто раздвоился

и из него капала кровь.

Подошли двое полицейских.

Танцоры начали громко кричать,

что на них, бедных бедняг,

накинулась крейзи рашн мафия.

Макс вспомнил фильм "Брат-2"

с подобной ситуацией.

Полицейские не видели это кино,

но повели себя по сценарию:

усадили Макса с собой в машину.

Остальные танцоры

почему-то не присоединились.

Макс не достаточно хорошо

изъяснялся на английском,

поэтому выдохнул

и высказал мнение о ситуации

на родном русском языке

да так, что окна машины запотели

от витиеватости словосочетаний.

"Эй! Беги. У тебя есть пять минут.

Я тебя случайно не поймаю,"

на чистом русском

прошептал добрый полицейский

и заговорил со своим напарником.

Из точки А в любую другую точку

выбежал человек со скоростью десять

километров в час.

На какой секунде попадёт пуля,

если американским полицейским

разрешено стрелять всегда?

Макс быстро пытался решить

математическую задачу в уме.

Желание жить соревновалось

с нежеланием таскаться по судам.

Неподалеку стояло такси.

Макс запрыгнул в него и крикнул:

"Мчи! Плачу двойной тариф!"

Водитель оказался понятливым

и домчал так, что у него самого

чуть тюрбан не раскрутился

на поворотах.

Подбородок Макса уже опух так,

что стал, как аргентинский зад.

В ближайшей больнице медсестра

измерила температуру, давление,

пульс, и вколола аскорбинку

и обезболивающего,

от которого всех хочется любить

и слать лучи добра.

Ещё она ни разу не поверила,

что можно вот так упасть самому,

совсем без посторонней помощи

и, по правилам, вызвала полицию.

Макс терпеливо ждал,

обезболивающее действовало;

где-то зазвучал знакомый голос,

сначала вдалеке,

а потом голос стал приближаться в

такт собственным шагам,

как вдруг…

"Опа! А ты что здесь делаешь?!"

удивился тот самый полицейский,

который ранее отпустил Макса.

"Эх, плохо ты бегаешь, парень".

АКЦИЯ

"Инспектор ГАИ Петренко.

Предъявите ваши документы".

"По какой причине остановили?"

"У нас сегодня акция 'Пьяный

водитель-преступник на дороге'.

Поздравляем, вы выиграли!"

НАРОДНАЯ МУДРОСТЬ

Если членом вышел,

то по жизни никто.

НЕ ПОЛУЧИТСЯ

Впервые мы встретились с ним

погулять в парке.

Через мгновение я услышала,

что он шаркает ногами.

И я сразу поняла:

ничего у нас с ним не получится.

РАБОТА СПЕЦСЛУЖБ?

Почему когда что-то
пишешь, читаешь или говоришь,
то именно это же слово произносят
в работающем рядом телевизоре?

СЕКРЕТ СЧАСТЬЯ

"Мне кажется, я всё разгадала!

Теперь знаю, как быть счастливой".

"Ты нашла секретный способ?"

"Ага, секретный способ:

голой жопой по неструганной доске".

"Куда садиться? Готовлю жопу".

"Всё намного проще!"

"То есть, секрет счастья —

просто быть?"

"Ну да. Так и есть".

"Тогда легкотня!

Так мы уже все умеем.

С рождения".

СЕКРЕТ УСПЕХА

Когда воспринимаешь жизнь

как игровое кино,

возможен любой вариант

развития событий,

возможен любой успех.

ИЗВЕСТНОСТЬ

Я знаю всех своих читателей.

В лицо.